VIVIANA
Rainha do Pijama

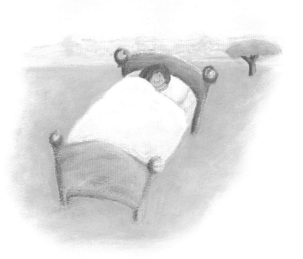

Steve Webb
Tradução de Luciano Vieira Machado

DE ACORDO COM AS NOVAS NORMAS ORTOGRÁFICAS

SALAMANDRA

Conheça
VIVIANA
Rainha
do Pijama

Ela tem o
pijama mais
fantástico
que jamais se
viu...

. . .do alto das árvores aos picos ensolarados

das profundezas do mar aos espaços gelados . . .

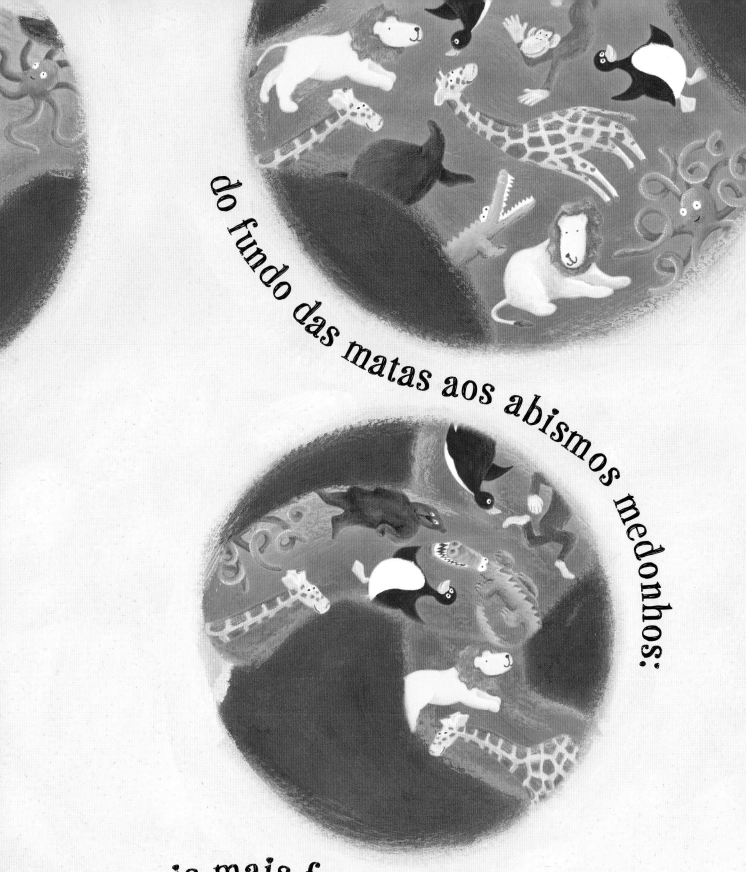

do fundo das matas aos abismos medonhos:

os animais mais fantásticos
que só vemos em sonhos!

Numa certa manhã Viviana
acorda animada e se senta na cama.
Braços pra cima, toca a espreguiçar,
então para um pouquinho e começa a pensar:
"Quando os animais
vão pra cama dormir,
que tipo de pijama
costumam vestir?"

"Vou dar uma festa!", exclama Viviana.

"E quem vier com o pijama mais animal vai ganhar um prêmio sensacional!"

Pega seus papéis, canetas, lápis coloridos
pra fazer convites e mandar aos amigos.
Checa os endereços no mapa direitinho.

Logo ela saberá, entre todos, qual
tem o pijama mais animal!

PARA O LEÃO,
DEBAIXO DA ÁRVORE
QUE DÁ SOMBRA,
PLANÍCIES ENSOLARADAS,
ÁFRICA

Caro Leão,
No meu aniversário, vou fazer
uma FESTA DO PIJAMA de arrasar.
Vai ser uma festa bárbara,
e vou premiar o
melhor pijama.
Você pode vir?
Responda logo!
Com afeto, Viviana
Rainha do Pijama
x x

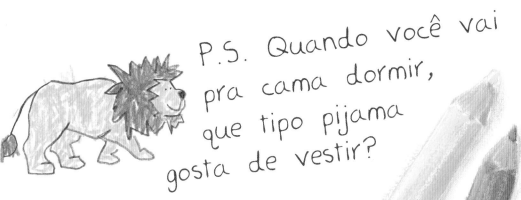

P.S. Quando você vai
pra cama dormir,
que tipo pijama
gosta de vestir?

Cara Viviana,

Sou o Rei da Floresta.

Meu negócio é caçar, bramir e rugir.

De dormir também eu gosto um bocado,

solto o meu rugido

e viro pro outro lado.

Meu real pijama é coisa de rei,

coberto de coroas

— sei que vencerei!

Com afeto, Leão

X X X

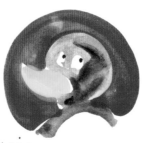

Caro Pinguim,
Por favor, venha à minha
muito LOUCA FESTA DO PIJAMA!
Vai ter danças bárbaras, e o
Leão também.
E um prêmio para o pijama mais
elegante.
Com afeto, Viviana
Rainha do Pijama x x

P.S. Quando você
vai dormir nessa
terra gelada,
que tipo de pijama
É o que mais lhe
agrada?

Cara viviana,
Eu chamo a minha terra
de escorrega de gelo,
pois desso estas colinas
roçando meu pelo,
deslizo até a borda e mergulho no mar.
meu pijama é o mais legal
ninguém pode negar:
cheio de trenós e de belos esquis,
o prêmio já é meu,
você pode apostar!

com afeto,
pinguim X

PARA O JACARÉ,
NAS BARRANCAS
LAMACENTAS DO RIO,
AUSTRÁLIA

Caro Jacaré,
Você pode vir à minha incrível NOITE DO PIJAMA? Vai ter música, e também o Leão e o Pinguim. E um prêmio para o pijama mais sensacional.
Com afeto, Viviana
        Rainha do Pijama
                x x

P.S. Senhor Jacaré,
todo cheio
de dentes,
que tipo de
pijama o
deixa contente?

Cara Viviana,
Com esta dentadura para cuidar
encontrei uma forma de me lembrar:
meu pijama é cheio de escovas de dentes.
Além de bonito, é dos mais diferentes.
Não existe igual nas barrancas do rio.
O prêmio já é meu, nisso creio e confio.

Com afeto, Jacaré
X

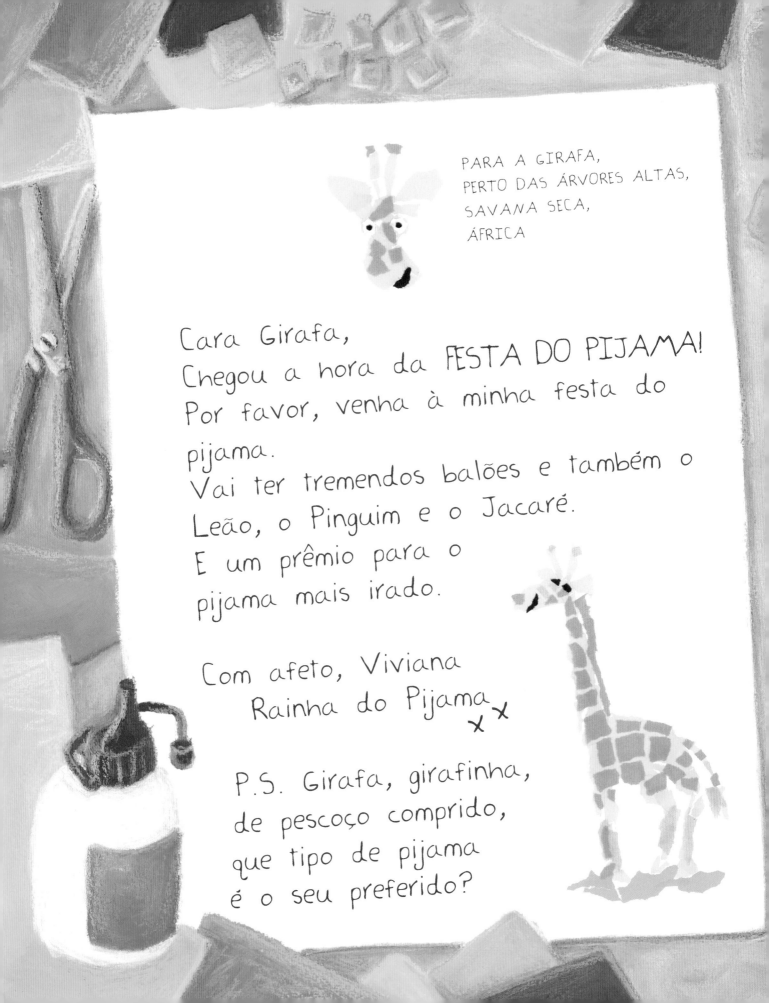

PARA A GIRAFA,
PERTO DAS ÁRVORES ALTAS,
SAVANA SECA,
ÁFRICA

Cara Girafa,
Chegou a hora da FESTA DO PIJAMA!
Por favor, venha à minha festa do
pijama.
Vai ter tremendos balões e também o
Leão, o Pinguim e o Jacaré.
E um prêmio para o
pijama mais irado.

Com afeto, Viviana
    Rainha do Pijama xx

P.S. Girafa, girafinha,
de pescoço comprido,
que tipo de pijama
é o seu preferido?

Cara Viviana,

Neste planeta azul e verde, que Deus nos deu,

não existe ninguém mais alto que eu:

meu pescoço comprido já tem sua fama.

Com a cabeça no céu e meus pés na grama,

meu pijama tem nuvens de cima embaixo.

Pijama mais bonito por aqui não há.

O prêmio já é meu, a vitória é pra já.

Com afeto, Girafa

X X

PARA O POLVO,
TOCA ROCHOSA,
NO FUNDO DO MAR,
OCEANO ÍNDICO

Caro Polvo,
Você está convidado
para uma tremenda
FESTA DO PIJAMA!
Vai ter brincadeiras e também o
Leão, o Pinguim, o Jacaré e a Girafa.
E um prêmio para o pijama mais
bacana.

Com afeto, Viviana
Rainha do Pijama x x

P.S. No fundo
do oceano, tão
longe daqui, que
pijama você veste
quando vai dormir?

Cara Viviana,

Duro é vestir pijama debaixo d'água, todos os dias,
Ainda mais quando se tem oito pernas
escorregadias.

Mas agora que estão numeradas de um a oito,
ficou mais fácil que comer biscoito!

Com o mais lindo pijama de todo o mar,
não tenho dúvida de que vou ganhar.

Com afeto, Polvo
x x

Caro Macaco,

Estou organizando uma
NOITE DO PIJAMA
que vai ser demais! Vai ter uma
música bárbara, e também o Leão, o
Pinguim, o Jacaré, a Girafa e o Polvo.
E um prêmio para o pijama mais
chocante de todos.

Com afeto, Viviana
          Rainha do Pijama
                    x x

P.S. Você que é um
macaco tão
   atirado, será
      que seu
      pijama
      é chocante
   e ousado?

Cara Viviana,

No alto das bananeiras, vivo a balançar.

E meu pijama de bananas me faz sonhar.

Sonho com bananas,

E as como feito um... macaco

Com este pijama chocante,

o prêmio já está no papo.

Com afeto, Macaco
X X X

PARA O URSO PARDO,
CAVERNINHA,
MATA GRANDE,
AMÉRICA DO NORTE

Caro Urso,
Por favor, venha à minha
FESTA MUNDIAL DO PIJAMA!
Vai ter um tremendo bolo de
aniversário, e também o Leão,
o Pinguim, o Jacaré, a Girafa,
o Polvo e o Macaco.
E um prêmio para o pijama mais
espetacular.

Com afeto, Viviana
Rainha do Pijama
x x

P.S. Quando você dorme
na gruta, de papo
pro ar, que tipo
de pijama costuma
usar?

Cara Viviana,

Quando chega o inverno, só hiberno

(quer dizer, durmo, durmo sem parar).

Antes de começar meu mergulho no sono

Não faço outra coisa: como, como e como.

Mel é o que mais gosto, e ele sempre me espera

quando acordo pro café, já na primavera!

Meu pijama é muito doce, dormir nele faz bem.

Esse prêmio é meu, não tem pra ninguém!

Com afeto, Urso

X X

O Dia da Festa
finalmente chegou!

Viviana sorri,
muito alvoroçada,
e vem receber
toda a bicharada.

Ela vai dar um prêmio
como nunca se viu
pro pijama mais louca
que jamais existiu.

brincadeiras

e um bolo.

E, além do mais,
as incríveis loucuras
dos animais.

Logo chega a hora de julgar o pijama,
os bichos fazem fila, quando ela chama.
Viviana olha bem, pois não pode errar.
Todos eles são bons, mas o melhor
— qual será?

Mas esperem! Que é isso?
Todo mundo amontoado!
O concurso de pijamas está muito bagunçado!

Os animais discutem.
Mas que bafafá!
Agora eles pulam e se põem a gritar:

"O vencedor é...

Você!

Viviana Rainha do Pijama

que é dona do pijama mais **animal**
— assim como ele não tem igual!"

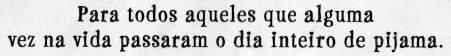

**Para todos aqueles que alguma
vez na vida passaram o dia inteiro de pijama.**

E especialmente para

© texto e ilustrações Steve Webb, 2006

Publicado originalmente em 2006 por Hutchinson,
um selo da Random House Children's Book
sob o título Polly Jean Pyjama Queen.

Dados Internacionais de Catalogação na Publicação (CIP)
(Câmara Brasileira do Livro, SP, Brasil)

Webb, Steve
Viviana Rainha do Pijama / Steve Webb ;
[ilustrações do autor] ; tradução de Luciano
Vieira Machado. -- São Paulo : Moderna, 2006.

Título original: Polly Jean Pyjama Queen.

1. Literatura infantojuvenil I. Título.

06-2698   CDD-028.5

Índices para catálogo sistemático:

1. Ficção : Literatura infantil 028.5
2. Ficção : Literatura infantojuvenil 028.5

Todos os direitos desta edição reservados no Brasil por

Editora Moderna Ltda.
Rua Padre Adelino, 758, Belenzinho,
03303-904 - São Paulo, SP
Vendas e atendimento: tel.: (0__11) 2790-1500
Fax: (0__11) 2790-1501
www.moderna.com.br
2010
Impresso na China.

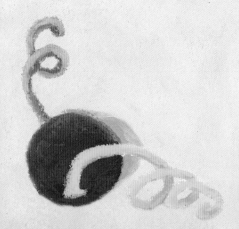